# ALFRED TENNYSON

ILLUSTRÉ PAR

## GUSTAVE DORÉ

# ÉLAINE

PARIS. — IMPRIMERIE SIMON RAÇON ET COMP., RUE D'ERFURTH, 1.

Engraved by J.H. Baker

. . . Et la morte conduite par lui s'avança avec la marée,
le lis dans sa main droite, la lettre dans sa main gauche....

ÉLAINE, P. 59.

# ALFRED TENNYSON

# ÉLAINE

POÉME TRADUIT DE L'ANGLAIS

## PAR FRANCISQUE MICHEL

PROFESSEUR A LA FACULTÉ DES LETTRES DE BORDEAUX

AVEC NEUF GRAVURES SUR ACIER

D'APRÈS

## LES DESSINS DE GUSTAVE DORÉ

## PARIS

LIBRAIRIE DE L. HACHETTE ET C<sup>IE</sup>

BOULEVARD SAINT-GERMAIN, N° 77

1867

A

# NAPOLÉON III

### EMPEREUR DES FRANÇAIS

CE LIVRE

ŒUVRE DU GÉNIE COMBINÉ

## DE L'ANGLETERRE ET DE LA FRANCE

ET PRODUIT D'UNE AMITIÉ ENTRE LES DEUX PEUPLES

QUI DOIT SURTOUT SA FORCE

### A UNE AUGUSTE IMPULSION

EST DÉDIÉ

PAR SON TRÈS-HUMBLE ET TRÈS-OBÉISSANT SERVITEUR

J. BERTRAND PAYNE

# ÉLAINE

Dans sa chambre, à l'étage le plus élevé d'une tour, Élaine la belle, Élaine l'aimable, Élaine, la blanche fille d'Astolat, gardait l'écu sacré de Lancelot. Elle l'avait d'abord placé à l'endroit où les premiers rayons du matin pouvaient le frapper et la réveiller par leur éclat. Plus tard, craignant la rouille ou quelque souillure, elle lui fit un fourreau de soie et y broda toutes les armoiries blasonnées sur l'écu, avec les couleurs qui leur étaient propres ; elle ajouta de son idée une bordure de fantaisie composée de rinceaux et de fleurs, et des oiselets à la gorge jaune dans leur nid. Non contente de cela, chaque jour quittant sa maison et son tendre père, elle montait à la tour de l'est, et, après y être entrée, verrouillait sa porte, ôtait la housse de l'écu, et, une fois dépouillé, elle essayait d'y lire. Tan-tôt elle devinait dans les armes un sens caché, tantôt elle se coutait à elle-même quelque jolie histoire au sujet de tous les coups que l'écu avait reçus, de toutes les égratignures que la lame y avait faites, avec force conjectures sur le temps et l'endroit où elles avaient eu lieu : « Cette coupure est fraîche, celle-là a dix ans ; ce coup doit avoir été donné à Carlisle, celui-là à Caerléon, celui-ci à Camelot. Ah! bon Dieu, quelle entaille! En voici une autre : comment n'a-t-il pas été tué? Dieu brisa sa forte lance, fit rouler à terre son ennemi, et sauva le paladin. » Elle vivait ainsi en proie à la rêverie.

Comment la blanche Élaine était-elle en possession de ce bel écu de Lancelot, elle qui ne savait même pas le nom du chevalier? Il le lui avait laissé en allant jouter pour le grand diamant dans les tournois qu'Arthur avait organisés sous ce nom, parce qu'un diamant en était le prix.

Car Arthur, alors que personne ne savait d'où il venait, longtemps avant que le peuple ne le choisît pour roi, errant dans les solitudes du Léonnais, avait trouvé sur son chemin un vallon, des blocs de roche grise et une mare noire. Cette mare présentait un aspect lugubre, qui s'étendait, comme ses émanations, sur tout le flanc de la montagne; car en cet endroit deux frères, dont l'un était roi, s'étaient rencontrés et battus ensemble; mais leurs noms n'avaient pas laissé de traces. Ils s'étaient tués l'un l'autre d'un seul coup, étaient tombés tous deux et avaient ainsi frappé la vallée de malédiction. Ils y restèrent jusqu'à ce que leurs os eussent blanchi et fussent couverts de mousse, de la même couleur que les rochers. Celui qui autrefois était roi, avait une couronne de diamants, un de-

vant et quatre de côté. Arthur vint; montant péniblement le long
du défilé par un clair de lune entouré de brouillard, il avait, sans
y prendre garde, foulé aux pieds ce squelette couronné, et le
crâne s'était détaché de la nuque. La couronne, en tombant, roula
sur un point éclairé, et, tournant sur elle-même, glissa comme
un ruisseau brillant dans la mare. Arthur plongea du haut de l'es-
carpement qui croulait, saisit la couronne, la plaça sur sa tête et
entendit murmurer dans son cœur : « Toi aussi, tu seras roi. »

Ensuite, lorsqu'il fut arrivé au rang suprême, il fit détacher les
pierres de la couronne, les montra à ses chevaliers, en leur disant : « Ces joyaux, qu'avec la permission de Dieu, j'ai trouvés
par hasard, appartiennent au royaume et non au roi; ils doivent
servir au public : il y aura donc à l'avenir, chaque année, un tournoi pour chacun d'eux ; nous apprendrons ainsi, par une expérience
de neuf ans, qui de nous est le plus brave, et vous-même vous
grandirez dans la pratique des armes et de la chevalerie, jusqu'à
ce que nous chassions les païens, qui, dit-on, se rendront ensuite
maîtres du pays, ce qu'à Dieu ne plaise! » Il parla ainsi, et pendant huit années, huit joutes eurent lieu, et toujours Lancelot rem-
porta le prix, avec l'intention, quand les cinq diamants seraient gagnés, d'en faire don à la reine; mais, voulant se concilier tout d'un
coup la faveur de Genièvre par un présent d'une valeur égale à la
moitié de son royaume, il n'avait jamais ouvert la bouche sur ses
projets.

Arrivé au diamant du centre, le dernier et le plus gros, Arthur, qui tenait alors constamment sa cour sur la rivière, près de l'emplacement qui est à présent le plus vaste du monde, fit publier une joute à Camelot, et le temps approchant, il parla à Genièvre qui avait été malade : « Reine, êtes-vous tellement souffrante que vous ne puissiez assister à ces belles joutes? — Oui vraiment, sire, dit-elle, vous le savez bien. — Alors vous perdrez, répondit-il, les hauts faits d'armes de Lancelot et ses prouesses dans la lice, chose que vous aimez à regarder. » La reine leva les yeux et les arrêta avec langueur sur Lancelot, assis à côté du roi. Le chevalier crut lire dans la pensée de Genièvre : « Restez avec moi, je suis malade; mon amour vaut mieux que plusieurs diamants. » Il céda, et son cœur, empressé à satisfaire au moindre désir de la reine (bien qu'il souhaitât ardemment de compléter le compte des diamants pour le présent qu'il avait en vue), le poussa à trahir la vérité et à dire : « Sire, mon ancienne blessure est à peine fermée et me ferait perdre les étriers. » Le roi lui jeta un regard qui se reporta ensuite sur la reine, et il s'en alla. Il n'était pas sitôt parti, que Genièvre reprit :

« Que je vous blâme, messire Lancelot, que je vous blâme bien fort. Pourquoi n'allez-vous pas à ces belles joutes? Les chevaliers sont, au moins la moitié d'entre eux, nos ennemis, et la foule murmurera contre ceux qui sans vergogne se donnent du passe-temps à présent que le roi est parti. » Lancelot, fâché d'avoir fait un mensonge inutile : « Êtes-vous devenue si sage? répondit-il. Vous ne l'étiez pas autant, reine, l'été où vous commençâtes à m'aimer.

La couronne, en tombant, roula sur un point éclairé, et, tournant sur elle-même,
glissa comme un ruisseau brillant dans la mare.

ÉLAINE, P. 5.

Drawn by Gustave Doré — Engraved by J. H. Baker

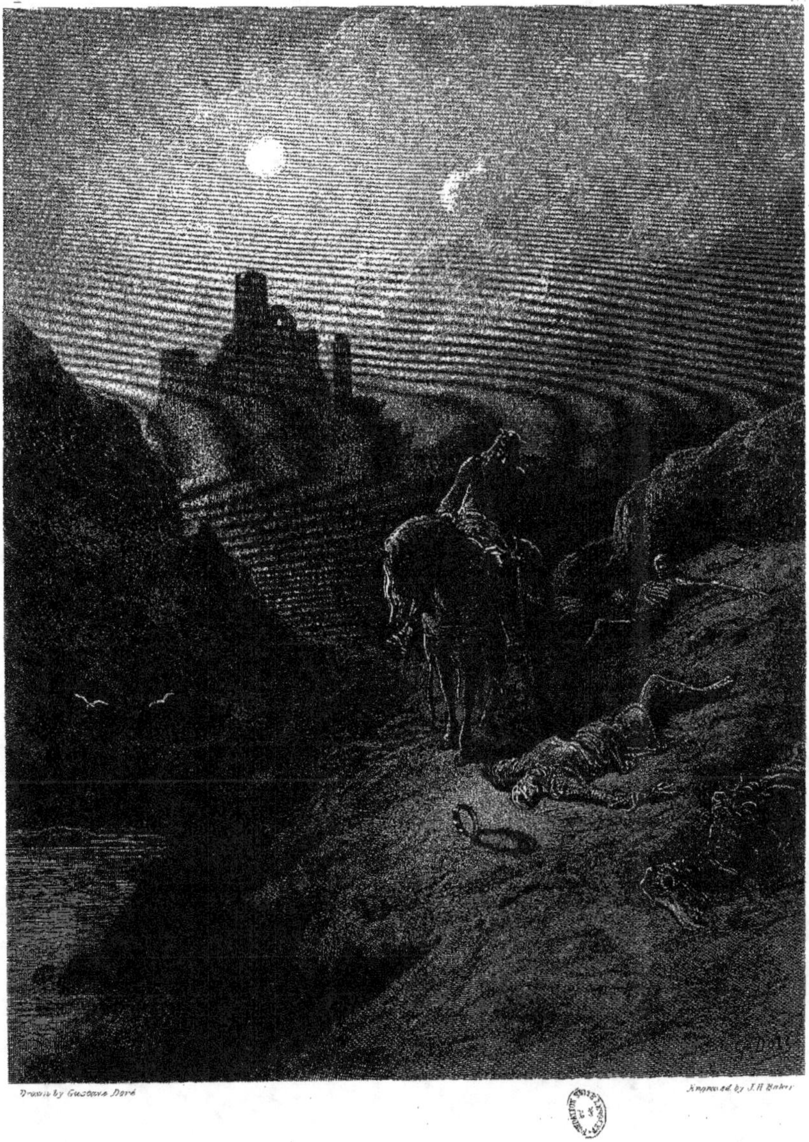

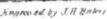

Vous ne teniez point alors plus de compte de la foule que de la myriade de grillons répandus dans la prairie, quand leur chant sort de chaque brin d'herbe; chacune de ces voix n'est rien. Quant aux chevaliers, je puis sûrement les réduire sans peine au silence; mais maintenant ma loyale adoration est tombée dans le domaine public; maint barde, sans songer à mal, a réuni nos deux noms ensemble dans ses lais : Lancelot, la fleur de la vaillance, Genièvre, la perle de la beauté; et nos chevaliers, à la fête, nous ont pleigés en nous unissant ainsi en présence du roi, qui écoutait en souriant. Eh bien! est-ce là tout? Arthur a-t-il dit quelque chose? ou vous-même, maintenant fatiguée de mon service et de ma cour, auriez-vous résolu d'être plus fidèle à votre époux sans reproche? »

Genièvre laissa échapper un petit rire ironique : « Arthur, mon époux, Arthur le roi sans reproche, cette perfection passionnée, mon bon époux (mais qui peut contempler le soleil dans le ciel?) ne m'a jamais adressé un mot de reproches, il n'a jamais eu le moindre soupçon de mon infidélité, ne prend aucun souci de moi. C'est seulement aujourd'hui qu'un éclair de vague soupçon s'est montré dans ses yeux : quelque brouillon aura passé par là ; autrement il est tout à sa manie de Table ronde et pousse les gens, pour les rendre pareils à lui, à faire des vœux impossibles. Mais, mon ami, pour moi, qui n'a pas de défaut en est rempli : celui qui m'aime doit tenir à la terre. L'abaissement du soleil produit la couleur. Je suis à vous, non pas à Arthur, comme vous savez, si ce n'est par le lien du mariage. Écoutez donc mes paroles : allez aux joutes. Le cousin à la trompette aiguë peut dissiper notre songe à son moment le plus doux, et ici les voix des insectes peuvent bourdonner si fort... Nous les méprisons, mais ils piquent. »

Lancelot, le prince des chevaliers, répondit ainsi : « Quelle figure ferais-je, ô reine, en paraissant à Camelot après le prétexte que j'ai donné, devant un roi qui fait honneur à sa parole comme si c'était celle de son Dieu? — En vérité, dit la reine, un enfant vertueux, inhabile à gouverner, ne m'aurait pas autrement perdue ; mais écoutez-moi, si je dois vous trouver du sens. Nous entendons dire que les hommes tombent avant d'être touchés par votre lance, rien qu'à savoir que vous êtes Lancelot ; votre grand nom suffit pour vous rendre victorieux : cachez-le donc, présentez-vous sans être connu, gagnez la palme. Par ce baiser que je vous donne vous serez vainqueur, et notre digne roi admettra alors votre excuse, ô mon chevalier, comme ayant la gloire pour but ; car, si je le qualifie ainsi, vous savez parfaitement bien que, quelque doux qu'il puisse sembler, personne plus que lui ne court après la gloire. Il l'aime dans ses chevaliers plus que dans lui-même, il y voit son ouvrage. Gagnez le prix et revenez. »

Sur-le-champ, messire Lancelot, en colère contre lui-même, monta à cheval. Ne voulant pas être reconnu, il quitta le chemin battu, prit un vert sentier qui ne montrait que rarement des traces de pas, et là, parmi les collines solitaires, souvent plongé dans la rêverie, il se perdit ; jusqu'à ce qu'il suivit une ornière faiblement

Jusqu'à ce qu'il suivit une ornière faiblement ombragée, qui, comme une chaîne, allait parmi les vallées aboutir au château d'Astolat.

Là, il vit à l'ouest une lumière qui en annonçait au loin les tours sur une hauteur.

ÉLAINE, P. 6.

Drawn by Gustave Doré.

Engraved by J. H. Baker.

ombragée, qui, comme une chaîne, allait parmi les vallées aboutir
au château d'Astolat. Là, il vit à l'ouest une lumière qui en annonçait au loin les tours sur une hauteur. Il se dirigea de ce côté et
sonna du cor à l'entrée. Alors vint un vieillard muet, le visage
couvert de rides, qui le conduisit dans une chambre et le désarma.
Lancelot, étonné de voir cet homme silencieux, sortit et trouva le
sire d'Astolat avec ses deux vigoureux fils, messire Torre et messire
Lavaine, qui venaient à sa rencontre dans la cour du château,
suivis d'une blanche créature, Élaine, la fille de la maison.
Leur mère n'était plus. Il s'éleva parmi eux une légère plaisanterie mêlée d'un rire bientôt réprimé à l'approche du grand
chevalier. A ce moment le sire d'Astolat lui adressa la parole :
« D'où viens-tu, mon hôte, et de quel nom t'appelle-t-on ? car, par
ton port et ta présence, je pourrais deviner en toi le chef de ceux
qui, après le roi, prennent place à la Table d'Arthur. Je l'ai vu,
lui ; quant aux autres chevaliers de sa Table ronde, quelque fameux
qu'ils soient, ils me sont inconnus. »

Le prince des chevaliers, Lancelot, répondit : « Je suis connu, et
fais partie de la Table d'Arthur ; mon écu, que j'ai apporté par
pur hasard, l'est aussi ; mais depuis que je vais jouter comme un inconnu à Camelot pour le diamant, ne m'interrogez pas. Vous saurez
plus tard qui je suis, et vous connaîtrez mon écu. Prêtez-m'en un
tout uni, je vous prie, si vous en avez un, ou au moins avec d'autres armoiries que les miennes. »

Le sire d'Astolat prit alors la parole : « Voici l'écu de Torre, mon

fils. Il a été blessé dans la première joute, et ainsi, Dieu le sait,
son écu est assez uni. Vous l'aurez. » Messire Torre ajouta avec sim-
plicité : « Oui, vraiment, je ne puis m'en servir; vous pouvez le
prendre. » A ces mots, le père se mit à rire et dit : « Fi, mon-
sieur le butor! est-ce là répondre à un noble chevalier? —
Pardonnez-lui; mais Lavaine, mon plus jeune fils, est si plein de
vigueur, qu'il montera à cheval, joutera pour le diamant, le gagnera
dans une heure et le placera dans les cheveux d'or de cette damoiselle, pour la rendre trois fois aussi volontaire qu'auparavant.

— Non, mon père, non, mon bon père, ne me faites pas honte
pour rien, devant ce noble chevalier, dit le jeune Lavaine. Il est
bien sûr que je n'ai fait que plaisanter au sujet de Torre : il semblait si chagrin et vexé de ne pouvoir partir. Une plaisanterie, rien
de plus; car, chevalier, la jeune fille rêvait que quelqu'un mettait
ce diamant dans sa main et qu'il était trop glissant pour y rester;
qu'il avait coulé ou était tombé dans quelque étang ou cours d'eau,
probablement dans le puits du château; et alors je dis (mais tout
cela était une plaisanterie et un jeu entre nous) que si j'allais combattre et gagner le prix, pour le coup elle devrait en prendre plus
de soin. Tout cela était une plaisanterie ; mais que mon père me
donne permission, s'il lui plaît, de me rendre à Camelot avec ce
noble chevalier : je puis ne pas être vainqueur; mais j'emploierai
tous mes efforts pour le devenir; tout jeune que je suis, je voudrais cependant me distinguer.

— Vous me ferez honneur, répondit Lancelot en souriant,

en m'accompagnant à travers les collines désolées où je me suis
perdu. C'est alors que je serai heureux de vous avoir pour guide
et pour ami ; si vous pouvez, vous gagnerez ce diamant, que l'on
dit être de belle eau et de belle grosseur, et vous en ferez présent
à cette jeune fille, si vous voulez. — Un diamant de belle eau
et de belle grosseur, ajouta le brusque sire Torre, est fait pour des
reines et non pour de simples damoiselles. » Alors Élaine, qui,
entendant agiter ainsi son nom, tenait ses yeux baissés, rougit
légèrement de se voir un peu amoindrie en présence du chevalier étranger ; celui-ci, en la regardant avec courtoisie, mais sans
fausseté, repartit : « Si ce qui est beau n'était que pour la beauté,
et s'il ne fallait tenir compte que des reines, mon jugement serait donc téméraire, moi qui considère cette damoiselle comme
digne de porter le plus beau joyau du monde, sans attenter au lien
qui l'unit à ses pareilles. »

Il parla et se tut. La jeune Élaine au teint de lis, gagnée par la
voix mélodieuse qu'elle entendait avant d'avoir regardé, leva les yeux
et lut sur les traits de Lancelot. Le grand et coupable amour qu'il
portait à la reine, combattu par celui qu'il portait à son souverain,
avait flétri sa figure et l'avait marquée avant le temps. Un autre,
péchant dans des régions aussi élevées avec une femme, la fleur de
tout l'Occident et du monde entier, n'en aurait eu que plus d'éclat ;
mais en lui son humeur était souvent comme un esprit malfaisant,
qui se levait et le poussait dans des déserts et des solitudes, en proie à
l'agonie, lui dont l'âme était encore vivante. Changé comme il l'était,

3

il semblait néanmoins l'homme le plus digne qui eût jamais pris place
à table avec des dames, et le plus noble aux yeux d'Élaine, quand
elle les levait sur lui. Tout flétri qu'il fût et bien qu'il eût plus de
deux fois l'âge de la jeune fille, qu'il fût balafré d'un ancien coup
d'épée, meurtri et bronzé par le soleil, elle leva les yeux et l'aima
d'un amour qui devait lui être fatal.

Alors le grand chevalier, le favori de la cour, l'amant de la plus
aimable des femmes, entra dans cette salle rustique d'une façon
toute gracieuse; non avec un demi-dédain dissimulé, comme dans
un temps moins chevaleresque, mais en homme généreux parmi
ses pairs. Ceux-ci le régalèrent de ce qu'ils avaient de mieux en
mets et en vins, en y joignant la causerie et la musique des mé-
nestrels. Ils s'informèrent beaucoup de la cour et de la Table ronde,
et toujours Lancelot leur répondait nettement et sans hésiter; mais,
lorsque la conversation tomba sur Genièvre, il se mit soudain à
parler du muet. Il apprit du baron que dix ans auparavant, les
païens s'étant emparés de lui, lui avaient coupé la langue : « Instruit
de leur cruel dessein contre ma maison, dit le sire d'Astolat, ce serviteur m'en fit part; ils le prirent et le mutilèrent. Cependant moi,
mes fils et ma petite fille, nous échappâmes à la captivité et à la
mort, et nous nous réfugiâmes dans les bois, par la grande rivière,
dans la hutte d'un batelier. Tristes étaient ces jours, jusqu'à ce
que notre brave Arthur défit encore une fois les païens sur la colline de Badon.

— Oh! là, sans doute, noble seigneur, dit Lavaine, entraîné par

Il parla et se tut. La jeune Élaine au teint de lis, gagnée par la voix mélodieuse qu'elle entendait avant d'avoir regardé, leva les yeux et lut sur les traits de Lancelot.

ÉLAINE, P. 9.

Il parla et se tut. La jeune Élaine au teint de lis, gagnée par la voix mélodieuse qu'elle entendait avant d'avoir regardé, leva les yeux et lui sur les traits de Lancelot.

ÉLAINE, P. 9.

H III

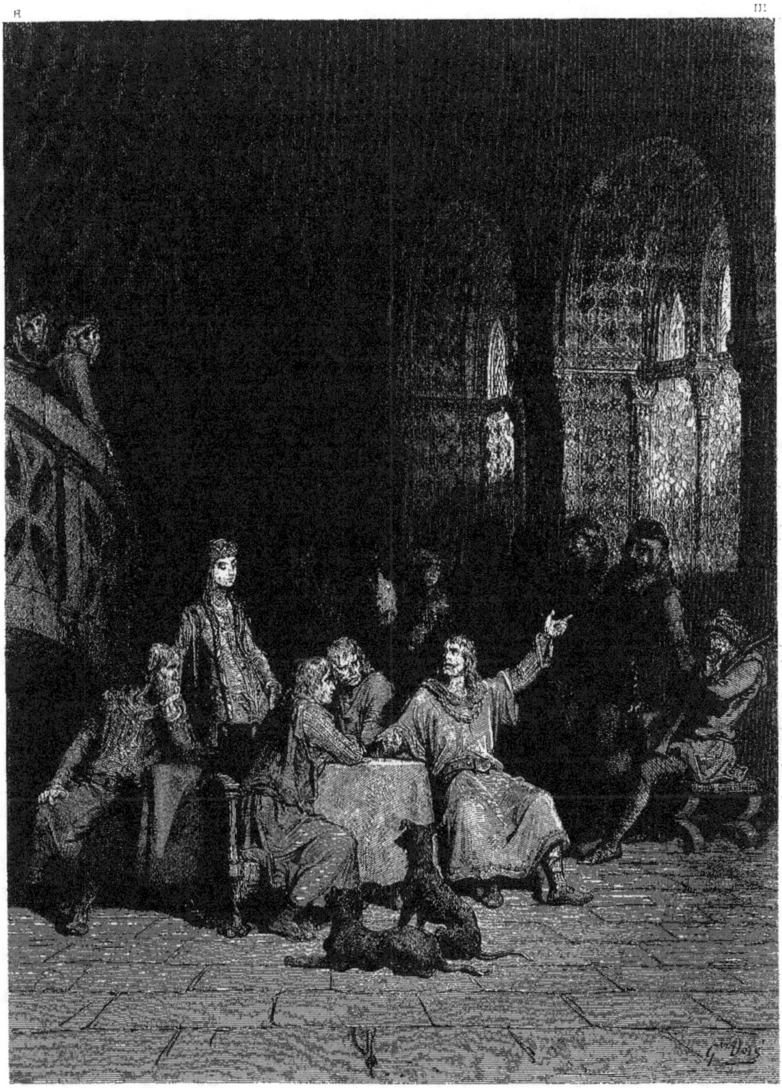

Drawn by Gustave Doré. Engraved by H. Robinson

la douce et soudaine passion de la jeunesse pour la grandeur dans un aîné, vous avez combattu. Oh ! racontez-nous-le ; car nous vivons dans la retraite, et vous, vous connaissez les glorieuses guerres d'Arthur. » Alors Lancelot parla et répondit en détail comme ayant pris part, avec Arthur, au combat qui pendant toute une journée avait retenti à l'embouchure écumante du violent Glem, et aux quatre sanglantes batailles livrées sur le rivage de Duglas, celle qui eut lieu sur Bassa, puis la guerre qui tonna, sans s'y arrêter, sur les sombres pentes de Célidon ; et encore près du château Gurnion, où le glorieux roi portait sur son haubert la tête de Notre Dame, taillée dans une seule émeraude entourée d'un soleil de rayons d'argent, qui jetait de l'éclat quand il respirait. A Caerléon, il avait secouru son maître, lorsque les bruyants hennissements du cheval blanc sauvage faisaient trembler tous les parapets dorés ; et aussi dans Agned Cathregonion ; et, plus bas, sur les rives sablonneuses de Trath Treroit, où succomba plus d'un païen. « Et sur le mont Badon, je vis moi-même le roi charger, à la tête de toute sa Table ronde et de toutes les légions invoquant le nom du Christ et le sien, et rompre les bataillons ennemis. Je l'ai vu ensuite debout sur un monceau de morts, rouge de l'éperon à la plume, comme le soleil levant, du sang des païens. A ma vue, il s'écria d'une voix retentissante : « Ils sont défaits, ils sont défaits. » Car le roi, quelque doux qu'il soit chez lui, et peu curieux de triompher dans nos guerres simulées des joutes (si l'un de ses chevaliers le désarçonne, il dit en riant qu'ils valent mieux que lui), néanmoins

dans cette guerre contre les païens, le feu sacré l'anime; je n'ai
jamais vu son pareil; il n'y a pas de plus grand capitaine. »

Pendant qu'il prononçait ces mots, la blanche jeune fille disait
tout bas à son propre cœur : « A l'exception de vous, noble
seigneur. » Et quand il eut passé des récits de guerre à la plaisanterie (car il était gai, quoique d'une gaieté imposante), elle
remarqua encore que lorsque le sourire disparaissait de ses lèvres,
il était remplacé par un nuage de sombre mélancolie; et quand
la blanche jeune fille, en voltigeant çà et là, s'était efforcée
de le dissiper, soudain se manifestait, chez Lancelot, une tendresse de manières et de langage, qui donnait à penser à Élaine
que tout cela était naturel et peut-être lui était destiné. Toute la
nuit elle eut son image devant les yeux, de même que lorsqu'un
peintre regardant de près une figure, par une inspiration divine,
trouve l'homme derrière, et le représente si bien, que la
figure, la forme et la couleur, l'esprit et la vie, vivent pour
ses enfants dans ce qu'il a de meilleur et de plus complet; ainsi la
figure du chevalier vivait devant elle, resplendissante dans l'obscu-
rité, parlant dans le silence, pleine de nobles choses; et cette figure
la tint éveillée, jusqu'à ce qu'elle se levât de bonne heure à
moitié trompée par la pensée qu'elle avait besoin de dire adieu
à son cher Lavaine. D'abord, comme en proie à la crainte, elle
descendit pas à pas, en hésitant, le long escalier de la tour; bientôt
elle entendit le chevalier Lancelot crier dans la cour : « Cet écu,
mon ami, où est-il? » et Lavaine s'avança comme elle sortait de

ÉLAINE.                                          13

la tour. Là, Lancelot se tourna vers son superbe destrier, et, avec un doux murmure, flatta son cou lustré. A moitié jalouse de cette caresse, Élaine se rapprocha et attendit. Il regarda, et plus étonné que si sept hommes se fussent attaqués à lui, il vit la jeune fille debout dans la clarté du matin. Le chevalier n'avait pas songé qu'elle fût si belle : il se sentit alors saisi d'une sorte de crainte religieuse ; car silencieuse, bien qu'il l'eût saluée, elle était dans le ravissement devant sa figure, comme si c'eût été celle d'un dieu. Tout à coup la jeune fille se sentit prise d'un violent désir de lui voir porter ses couleurs à la joute. Elle surmonta sa répugnance à faire une pareille demande : « Beau sire, dont je ne sais pas le nom (il est noble, j'en suis sûre, et des plus nobles), voulez-vous porter mes couleurs à ce tournois ? — Non, en vérité, dit-il, belle dame, car cela ne m'est jamais arrivé. Telle est ma coutume, ceux qui me connaissent le savent bien. — En vérité ? répondit-elle. Alors en portant mes couleurs, vous avez moins de chances d'être reconnu, noble seigneur. »

Il repassa dans son esprit le mot d'Élaine, le trouva juste et répondit : « C'est vrai, mon enfant. Eh bien ! je porterai votre enseigne ; donnez-la-moi : quelle est-elle ? » Elle lui dit que c'était une manche rouge brodée de perles, et la lui remit. Il l'attacha en souriant à son heaume et dit : « Je n'en ai encore jamais fait autant pour aucune jeune fille vivante. » Le sang monta à la figure d'Élaine et la rougit de plaisir ; mais elle redevint plus pâle quand Lavaine reparut en rapportant l'écu, encore sans armoiries,

4

de son frère. Il le donna à Lancelot, qui remit le sien à la belle
Élaine, en lui disant : « Faites-moi la grâce, mon enfant, de gar-
der mon écu jusqu'à mon retour. — Deux grâces en un jour,
répondit-elle. Je suis votre écuyer. » A ce moment Lavaine dit en
riant : « Damoiselle au teint de lis, dans la crainte que le monde
ici ne vous appelle pour tout de bon le lis du château, laissez-moi
vous rapporter vos couleurs ; une fois, deux fois, trois fois.
A présent allez reposer. » Lavaine lui donna un baiser, et messire
Lancelot lui en envoya un de la main. Ils se retirèrent ainsi. Elle
resta immobile pendant une minute, alla ensuite d'un pas soudain vers la porte, et là, ses brillants cheveux épars autour de sa
figure sérieuse, encore rouge du baiser de son frère, elle s'arrêta à l'entrée, se tenant en silence à côté de l'écu pendant qu'elle
considérait leurs armes qui étincelaient dans le lointain, jusqu'à ce
qu'ils disparussent derrière la colline. Alors elle monta dans sa tour,
prit l'écu, le conserva, et vécut ainsi dans la rêverie.

Pendant ce temps-là les nouveaux compagnons laissaient derrière
eux le long sommet de la côte aride. Messire Lancelot savait que
là, non loin de Camelot, vivait un chevalier, ermite depuis qua-
rante ans, qui avait prié, travaillé et prié, et à force de travail s'était
creusé dans le blanc rocher une chapelle et une salle, des cellules
et des chambres, sur des colonnes massives, comme une grotte ma-
rine. Toutes ces pièces étaient belles et saines ; la verte lumière ré-
fléchie d'en bas par la verdure montait le long des blanches voûtes,
et dans les prairies, des trembles frémissants et des peupliers

Il regarda, et plus étonné que si sept hommes se fussent attaqués à lui, il vit la jeune fille

debout dans la clarté du matin.

ÉLAINE, P. 13.

rendaient un murmure comme celui de la pluie qui tombe. Arrivés en cet endroit, ils y passèrent la nuit.

Mais lorsque le jour vint d'en bas et répandit un éclat rouge et des ombres à travers la grotte, ils se levèrent, entendirent la messe, rompirent le jeûne et partirent. Alors Lancelot dit : « Écoutez, mais tenez mon nom secret : vous chevauchez avec Lancelot du Lac. » Cette révélation frappa Lavaine d'étonnement. Le sentiment du respect, plus cher aux jeunes cœurs sincères que leur propre gloire, ne lui permit que de bégayer : « Est-ce possible ? » Il murmura ensuite : « Le grand Lancelot, » finit par reprendre haleine et répondit : « J'ai donc vu un chevalier (cet autre, notre seigneur souverain, le redouté Pendragon, le roi des rois de Bretagne, dont le peuple raconte des merveilles, sera là ) : fussé-je frappé de cécité à l'instant même, je pourrais dire que j'ai vu. »

Lavaine parla ainsi, et lorsqu'ils arrivèrent à la lice près de Camelot, dans la prairie, ils laissèrent leurs regards courir à travers la galerie garnie de monde qui s'étendait en demi-cercle comme un arc-en-ciel tombé sur le gazon, jusqu'à ce qu'ils trouvassent le roi à la figure sereine ; il était assis vêtu d'une robe de samit rouge, reconnaissable au dragon d'or qui surmontait sa couronne et brillait en broderie sur son vêtement ; des sculptures qui se trouvaient derrière lui serpentaient deux dragons dorés descendant pour former des bras à son fauteuil, pendant que tous les autres, à travers des festons et des arabesques innombrables, s'enfon-

çaient dans le fouillis du bois sculpté, jusqu'à ce qu'ils trouvassent
le nouveau dessin dans lequel ils se perdaient, cependant avec la
plus grande aisance, tant le travail était délicat; dans le riche
dais placé au-dessus de sa tête, brillait le dernier diamant du roi sans
nom. Lancelot répondit alors au jeune Lavaine et dit : « Moi, vous
m'appelez grand! c'est parce que je suis plus solide en selle, que j'ai
une lance plus franche; mais il y a plus d'un jeune homme maintenant en voie de croissance, qui arrivera à ce que je suis et qui
me surpassera. Il n'y a en moi aucune grandeur, à moins que ce ne
soit quelque reflet éloigné de grandeur que de bien savoir que je ne
suis pas grand. Voilà l'homme. » Lavaine le regarda avec étonnement
comme un être surnaturel, et à ce moment les trompettes sonnèrent. De côté et d'autre, les assaillants et ceux qui tenaient la
lice, mettent la lance en arrêt, donnent de l'éperon, s'ébranlent
soudain, se rencontrent dans la mêlée et là se heurtent si furieu-
sement qu'un homme dans le lointain aurait bien pu apercevoir
si quelqu'un ce jour-là fut laissé sur le terrain, sentir la dure terre
trembler, et entendre un sourd cliquetis d'armes. Lancelot s'arrêta
un moment jusqu'à ce qu'il vît quel était le plus faible : alors il s'é-
lança dans la carrière contre le plus fort. Inutile de parler de la
gloire du paladin : roi, duc, comte, baron, il terrassa tous ceux
contre lesquels il dirigea ses coups.

Mais dans la lice se trouvaient les parents et alliés de Lancelot, qui tenaient la joute rangés avec la Table ronde, hommes
forts et qui voyaient avec chagrin qu'un chevalier étranger repro-

duisît et surpassât presque les actions du paladin. L'un dit à
l'autre : « Holà ! qui est-ce ? à voir non pas seulement la force,
mais la grâce et la dextérité de l'homme, ne croirait-on pas que
c'est Lancelot ? — Quand donc avez-vous vu Lancelot porter dans
un tournoi les couleurs d'une dame ? Ce n'est point là son habitude, nous le savons, nous qui le connaissons bien. — Comment donc, et quel est-il ? » Une rage s'empara d'eux, une ardente
passion de famille pour le nom de Lancelot et pour une gloire qui
faisait partie de la leur ; ils baissèrent leur lance, piquèrent leur
destrier, et ainsi, leur panache rejeté en arrière par le vent que
soulevait leur course, tous ensemble ils fondirent sur lui. Comme
une vague impétueuse de la vaste mer du Nord, brillant d'un éclat
glauque vers le sommet, fond sur une barque avec toutes ses
crêtes orageuses qui fument contre le ciel et l'engloutit avec celui
qui la gouverne, ainsi ils culbutèrent messire Lancelot et son destrier. Une lance portant en bas rendit le cheval boiteux, une autre
entama le haubert du cavalier, l'extrémité pénétra dans son côté,
s'y brisa et y resta.

Messire Lavaine se conduisit noblement et en preux ; il renversa un
chevalier de vieux renom et amena son cheval à Lancelot là où il
gisait à terre. Celui-ci, baigné de la sueur de l'agonie, se leva sur
le côté, et pensa à combattre pendant qu'il le pouvait encore ; ayant
été vigoureusement secouru par ceux de son parti, bien que
la chose semblât presque un miracle à ses adversaires, il repoussa jusqu'à la barrière ses parents et alliés et tous les che-

5

valiers de la Table ronde qui tenaient la lice. Les hérauts alors sonnèrent de la trompette pour proclamer que celui qui portait la manche écarlate brodée de perles était vainqueur; et tous les chevaliers de son parti s'écrièrent : « Avancez et prenez le prix, le diamant; » mais il répondit : « A moi un diamant? pas de diamant! pour l'amour de Dieu un peu d'air! A moi un prix? pas de prix; car mon prix est la mort! je veux quitter ces lieux, et vous recommande de ne pas me suivre. »

Il dit et disparut aussitôt du champ de joute, avec le jeune Lavaine, dans un bosquet de peupliers. Là il glissa à bas de son destrier et s'assit, disant avec effort à son compagnon : « Retire-moi le tronçon de lance. — Ah! mon cher seigneur messire Lancelot, dit Lavaine, je crains, si je l'arrache, que vous ne mouriez. — Mais j'en meurs déjà, dit Lancelot; tire, tire. » Lavaine tira; le blessé poussa un grand cri et un profond gémissement; il perdit la moitié de son sang, s'affaissa et s'évanouit complétement. En ce moment vint l'ermite, qui l'emporta et pansa la blessure. Le chevalier fut pendant plus d'une semaine entre la vie et la mort, couché et abrité contre le bruit du monde par le bosquet de peupliers, avec leur murmure de pluie qui tombe, et par les trembles sans cesse frémissants.

Le jour où Lancelot abandonna la lice, les gens de son parti, chevaliers de l'extrême Nord et de l'Ouest, seigneurs de marches vagues, rois d'îles désolées, vinrent autour de leur grand Pendragon en lui disant : « Sire, notre chevalier, par le secours duquel

nous avons gagné la journée, est parti cruellement blessé et a
laissé son prix sans le retirer, disant que son prix était la mort.
— A Dieu ne plaise, dit le roi, qu'un aussi bon chevalier que
celui que nous avons vu aujourd'hui (il me semblait voir un autre
Lancelot; en vérité, plus de vingt fois j'ai pensé que c'était lui),
soit laissé sans secours! Gauvain, mon neveu, levez-vous, montez à
cheval et trouvez le chevalier. Blessé et fatigué comme il l'est, il
ne saurait être loin. Je vous enjoins de monter tout de suite à
cheval. Chevaliers et rois, il n'y a aucun de vous qui avance que
nous nous sommes trop hâté à décerner le prix. Sa prouesse était
trop étonnante. Nous lui ferons un honneur peu ordinaire : puisque
ce chevalier n'est pas venu à nous réclamer le prix, nous le lui en-
verrons. Prenez donc ce diamant, remettez-le-lui, et revenez avec
des nouvelles de son état et de sa santé. Ne vous arrêtez dans
votre quête que lorsque vous l'aurez trouvé. »

En parlant ainsi, il prit dans la fleur sculptée le diamant qui
lui formait comme un cœur sans cesse en mouvement, et il le
donna. Alors se leva à la droite d'Arthur, avec une face souriante
et un cœur chagrin, un prince au milieu de sa force et dans la fleur
de son printemps, Gauvain, surnommé le courtois, le beau et le fort,
bon chevalier après Lancelot, Tristan, Geraint et Lamorack ; mais avec
cela il était frère de messire Modred, d'une famille rusée, rarement
fidèle à sa parole, et il enrageait de dépit que l'ordre donné par
Arthur de se mettre en quête de celui qu'il ne connaissait pas, le
forçât à quitter le banquet et l'assemblée des rois et des chevaliers.

Ainsi furieux, il monta à cheval et partit. Cependant Arthur se rendait au banquet, plongé dans la rêverie, pensant que c'était Lancelot qui était venu en dépit de la blessure dont il avait parlé, tout cela pour acquérir de la gloire; qu'il avait reçu blessure sur blessure et qu'il était parti pour mourir. Telle était la crainte du roi. Après avoir séjourné là deux jours, Arthur revint. Quand il revit la reine, il lui dit en l'embrassant : « Chère amie, êtes-vous encore souffrante? — Non vraiment, sire, dit-elle. — Et où est Lancelot? » Ce fut alors à la reine à s'étonner : « N'était-il donc point avec vous? N'a-t-il pas remporté votre prix? — Non vraiment, mais c'était quelqu'un qui lui ressemblait. — Eh bien! le chevalier qui lui ressemblait, c'était lui-même. » Quand le roi lui demanda comment elle le savait, la reine répondit : « Sire, vous ne nous aviez pas plutôt quittés, que Lancelot me fit part du bruit qui courait que dans les combats ses adversaires tombaient devant lui rien qu'au contact de sa lance et en apprenant qui il était. Son nom si grand suffisait pour lui faire gagner la victoire : c'est pourquoi il voulait le cacher à tout le monde, même au roi; et, dans ce but, il avait prétexté l'empêchement d'une blessure, afin de pouvoir jouter entièrement inconnu et apprendre si son ancienne prouesse n'avait en rien dégénéré. Il avait ajouté : « Notre digne Arthur, lorsqu'il saura les choses, admettra par- « faitement mon prétexte, mis en avant pour gagner une gloire « plus pure. »

Le roi répondit alors : « Il eût été bien plus aimable de la part de notre Lancelot, au lieu de se jouer ainsi inutilement de la vérité, de se fier à moi comme il s'est fié à vous. Sûrement son roi et son ami le plus intime lui aurait gardé le secret. En vérité, bien que je connaisse mes chevaliers comme sujets à des fantaisies, je n'aurais pu que rire d'une susceptibilité aussi exagérée de notre grand Lancelot. Maintenant il n'y a plus matière à plaisanter. Ses propres alliés (mauvaises nouvelles que celles-ci, reine, pour tous ceux qui l'aiment!), ses alliés se sont jetés sur lui sans le connaître, de sorte qu'il est sorti de la lice grièvement blessé J'ai cependant aussi quelque chose d'heureux à vous annoncer; car j'ai l'espoir que Lancelot n'a plus le cœur inoccupé. Contre son habitude, il portait sur son heaume une manche écarlate brodée de grosses perles, sans doute le don de quelque gentille damoiselle.

— Oui vraiment, messire, dit-elle. J'ai le même espoir que vous. » En disant cela, Genièvre étouffait. Elle se retourna vivement pour cacher sa figure, et alla dans sa chambre. Là elle se jeta sur la couche du grand roi, s'y roula, crispa ses doigts jusqu'à se déchirer la paume de la main, et lança le mot de traître aux murailles qui ne l'entendaient pas. Puis elle fondit en larmes insensées, se releva et parcourut le palais orgueilleuse et pâle.

Cependant Gauvain chevauchait à travers le pays d'alentour avec son diamant; fatigué de sa recherche, il visita toutes les localités excepté le bosquet de peupliers, et vint enfin, quoique tard, au château d'Astolat. Élaine regarda à peine le chevalier étincelant dans ses armes niellées, mais elle lui cria : « Quelles nouvelles de Camelot, monseigneur ? Que nous direz-vous du chevalier à la manche rouge ? — Il a remporté le prix. — Je le savais, dit-elle. — Mais il a quitté la joute blessé au côté. » A ces mots, Élaine fut saisie ; elle sentit la lance acérée pénétrer dans son propre côté, le frappa de sa main et fut près de s'évanouir. Gauvain la regardait avec étonnement, lorsque survint le sire d'Astolat. Le prince lui fit connaître qui il était et l'objet de sa mission ; il lui apprit qu'il portait le prix du tournoi sans pouvoir trouver le vainqueur, qu'il avait en vain battu tous les environs et qu'il était fatigué de sa recherche. Le sire d'Astolat lui dit : « Noble prince, restez avec nous et cessez d'errer à l'aventure. Le chevalier s'est arrêté ici et y a laissé un écu. Il enverra ou viendra le chercher. Ce n'est pas tout : notre fils est avec lui ; nous aurons bientôt de ses nouvelles, nous ne pouvons manquer d'en avoir. »

A cela le courtois prince consentit avec sa politesse habituelle, politesse à laquelle se mêlait une pointe de trahison. Il s'arrêta et jeta les yeux sur la belle Élaine. Où trouver une plus belle figure ? des pieds à la tête elle était accomplie, de la tête aux pieds faite d'une manière exquise : « Bon ! pensa-t-il, si je reste, cette fleur sauvage sera pour moi. » Souvent ils se rencontraient sous les ifs du jardin, et là il l'entreprenait. Saillies spirituelles, éclairs brillants au-dessus de la portée d'Élaine, grâces de la

cour, chansons, soupirs, sourires étudiés, éloquence dorée et adu-
lation amoureuse, il mit tout en œuvre jusqu'à ce que la jeune
fille se révolta contre ces menées, en lui disant : « Prince, loyal
neveu de notre noble roi, pourquoi ne demandez-vous pas à voir
l'écu qui m'a été laissé? Vous pourriez ainsi apprendre le nom de son
maître. Pourquoi tenez-vous si peu de compte de votre roi et de la
mission qu'il vous a confiée? Pourquoi vous montrer aussi peu sûr
que notre faucon, qui perdit hier le héron sur lequel nous l'avions
lancé et qui est parti à tous les vents? — Oui, en vérité, par ma
tête, dit-il, je perds tout cela comme nous perdons l'alouette dans
le ciel, ô damoiselle, dans la lumière de vos yeux bleus; mais,
puisque vous le voulez, faites-moi voir l'écu. » L'écu fut apporté; et
quand Gauvain vit les lions d'azur couronnés d'or rampants de messire Lancelot, il frappa sa cuisse et éclata en moqueries : « Le roi
avait raison, c'est notre Lancelot! cet homme loyal! c'est bien
lui! — J'avais bien aussi raison, répondit-elle gaiement, quand
je rêvais que mon chevalier était le plus grand de tous. — Et si
je rêvais, dit Gauvain, que vous aimez ce plus grand des chevaliers
(je vous demande pardon, voyons, vous le savez), dites, perdrais-je
vainement mon temps? » La réponse d'Élaine fut très-simple :
« Que sais-je? mes frères ont formé jusqu'ici toute ma société, et
quand souvent ils parlaient d'amour, je désirais que ce fût ma mère,
car ils parlaient, à ce qu'il me semblait, de ce qu'ils ne connaissaient
pas. Ainsi moi-même j'ignore si je sais ce qu'est le véritable amour;
mais je sais bien que si je ne l'aime pas, lui, il m'est avis qu'il n'en

est pas d'autre que je puisse aimer. — Oui, en vérité, par la mort
de Dieu, dit-il, vous l'aimez bien; mais vous ne le voudriez pas si
vous saviez ce que savent les autres et qui il aime. — Ainsi
soit-il, » s'écria Élaine. Elle leva sa belle figure et s'en alla; mais il
la suivit en disant : « Arrêtez! faites-moi la grâce d'une minute.
Il a porté votre manche : violerait-il la foi promise à une autre que
je ne puis nommer? Notre homme loyal, en fin de cause, doit-il
tourner comme une feuille? peut-il en être ainsi? Dans ce cas, loin
de moi l'idée de traverser notre puissant Lancelot dans ses amours!
Et, damoiselle, comme je pense que vous savez parfaitement bien où
votre grand chevalier est caché, souffrez que je mette fin à ma
recherche et que je laisse ici le diamant. Oui, ici; car si vous aimez,
il vous sera doux de le donner; et si il aime, il lui sera doux de le
recevoir de votre propre main. Après tout, qu'il aime ou non, un
diamant est un diamant. Adieu mille fois, mille fois adieu! Cependant
s'il aime et si son amour dure, nous pouvons tous deux nous retrou-
ver ensuite à la cour; là, je pense, vous apprendrez les belles
manières, et nous ferons plus ample connaissance. »

Il remit alors le diamant à Élaine et baisa légèrement la main
qui le recevait; tout à fait fatigué de sa recherche, il sauta sur son
cheval, et fredonnant, à son départ, une ballade d'amour vrai,
il s'en alla gaiement.

Il passa de là à la cour et dit au roi ce qu'Arthur savait déjà, que
le chevalier était messire Lancelot. Il ajouta : « Sire, mon souverain
seigneur, voilà ce que j'ai appris; mais je n'ai pas réussi à trouver

le paladin, bien que j'aie battu tout le pays d'alentour. Heureusement j'ai découvert la jeune fille dont il portait la manche; elle l'aime, et, pensant que la courtoisie est chez nous la suprême loi, je lui ai remis le diamant. Elle le lui rendra; car, sur ma tête, elle connaît sa retraite. »

Le roi à la figure sereine fronça le sourcil et répliqua : « Trop courtois en vérité ! Vous n'irez plus en quête pour moi car je vois bien que vous oubliez que l'obéissance est la courtoisie due au souverain. »

Il dit et partit. Furieux, mais dans la consternation, le prince resta stupéfait pendant vingt pulsations de son pouls, sans ouvrir la bouche, suivant le roi du regard. Il secoua ensuite sa chevelure, prit la course et alla jaser au dehors au sujet de la damoiselle d'Astolat et de son amour. Toutes les oreilles se dressèrent à la fois, toutes les langues furent déliées : « La damoiselle d'Astolat aime messire Lancelot, messire Lancelot aime la damoiselle d'Astolat. » Quelques-uns lurent sur la figure du roi, d'autres sur celle de la reine, et tous étaient curieux de savoir qui pouvait être cette jeune fille; mais la plupart préjugeaient qu'elle devait être peu digne du chevalier. Une vieille dame se présenta soudain à la reine avec ces mauvaises nouvelles. Genièvre, déjà instruite de la chose, mais témoignant du chagrin que Lancelot fût descendu si bas, détourna le coup de son amie avec une pâle tranquillité. Ainsi la nouvelle se répandait à la cour, merveille du moment pareille au feu quand il éclate dans du chaume sec, à ce point que les chevaliers, au

7

banquet, oublièrent de boire à Lancelot et à la reine ; unissant Lancelot à la damoiselle au teint de lis, ils échangèrent un sourire pendant que Genièvre, les lèvres placides, mais pincées, se sentait suffoquée et, sans qu'on la vît, écrasait du pied son dépit contre le parquet, sous la table, où les mets lui devinrent comme de l'absinthe ; et elle haïssait tous ceux qui leur faisaient raison.

Loin de là, la jeune fille d'Astolat, son innocente rivale, celle qui gardait toujours dans son cœur le sire Lancelot qu'elle n'avait vu qu'une fois, se glissa vers son père pendant qu'il rêvait tout seul, caressa sa barbe grise et dit : « Père, vous m'appelez volontaire, et la faute en est à vous qui me laissez faire mes volontés ; maintenant, mon bon père, voulez-vous que je perde la raison ? — Non, dit-il, sûrement non. — Laissez-moi donc partir, répondit-elle, et trouver notre cher Lavaine. — Vous ne perdrez pas la raison pour le cher Lavaine, restez, dit-il ; nous ne pouvons manquer d'avoir de ses nouvelles et de celles de son compagnon. — Oui, dit-elle, et de son compagnon ; car il faut que je le trouve en quelque lieu qu'il soit, et que je lui remette son diamant en mains propres, afin de ne point encourir le reproche de négligence dans cette quête, comme ce prince orgueilleux qui s'en est déchargé sur moi. Mon bon père, je le vois, dans mes rêves, décharné comme s'il était son propre squelette, pâle comme un mort, faute de secours de la part d'une noble fille. Plus une damoiselle est issue de haut, plus elle est tenue, mon père, d'être douce et serviable aux nobles che-

valiers, vous le savez bien, lorsqu'ils ont porté ses couleurs :
laissez-moi donc partir, je vous en prie. » Alors son père,
hochant la tête, dit : « Oui, oui, le diamant. Sachez-le bien,
mon enfant, j'apprendrais avec plaisir que ce chevalier, le plus
grand que nous ayons, est sain et sauf, et le diamant il faut le
lui remettre.... Sûrement je pense que ce fruit est pendu trop
haut pour faire ouvrir la bouche à toute autre qu'à une reine....
Oui, mais je ne veux rien dire. Partez donc; volontaire comme
vous l'êtes, il vous faut partir. »

Ayant obtenu ce qu'elle voulait, elle se glissa hors de la salle; et
pendant qu'elle se préparait pour son voyage, la dernière parole de
son père bourdonnait dans ses oreilles : « Volontaire comme vous
l'êtes, il vous faut partir. » Cette parole se changea et fit écho
dans son cœur : « Volontaire comme vous l'êtes, il vous faut mourir. » Mais elle était si heureuse, qu'elle repoussa cette pensée
comme nous repoussons l'abeille qui bourdonne autour de nous.
Elle répondit dans son cœur et dit : « Qu'importe si je le ramène
à la vie? » Alors elle s'éloigna avec le bon sire Torre pour guide,
se dirigea vers Camelot, à travers le long sommet de la côte
aride, et devant la porte de la ville elle vit son frère l'air riant,
qui faisait à plaisir cabrer et caracoler un cheval rouan autour
d'un champ de fleurs. A peine l'eut-elle vu qu'elle s'écria :
« Lavaine, Lavaine, quelles nouvelles de messire Lancelot? »
Il fut étonné : « Torre et Élaine! pourquoi ici? Messire Lancelot! comment savez-vous que le nom de mon seigneur est

Lancelot? » Mais quand la jeune fille eut raconté toute son histoire,
messire Torre tourna bride et, se trouvant mal disposé, il partit;
passa sous la porte aux statues étranges, où les guerres d'Arthur
sont rendues d'une façon mystique, et entra dans la sombre et riche
cité pour voir ses alliés et parents éloignés qui demeuraient à Camelot.
De son côté, Lavaine conduisit sa sœur aux grottes à travers le
bosquet de peupliers. Là, tout d'abord, elle vit le heaume de Lancelot sur le mur ; sa manche écarlate, quoique déchiquetée et en
lambeaux, la moitié des perles parties, y était encore attachée. Elle
rit dans son cœur en voyant que le chevalier ne l'avait point
enlevée de son heaume, comme s'il eût voulu la porter dans un
nouveau tournoi. Lorsqu'ils pénétrèrent dans la cellule où il
dormait, ses bras endurcis par les combats et ses puissantes
mains gisaient nues sur une peau de loup, et, sous l'empire
d'un songe, elles se mouvaient comme si elles eussent terrassé
un ennemi. Élaine le voyant ainsi couché, les cheveux en
désordre, la barbe longue, décharné comme s'il eût été son
propre squelette, jeta un petit cri de douleur et de pitié. Un
son pareil, peu habituel dans un endroit si tranquille, éveilla
le chevalier malade, et, pendant qu'il roulait des yeux encore blancs
de sommeil, elle s'élança vers lui en disant : « Voici votre prix,
le diamant que vous envoie le roi. » Ses yeux étincelaient : elle se
demanda si c'était pour elle. Quand la jeune fille lui eut raconté
toute l'histoire, l'envoi du diamant, la mission qui lui était dévolue,
quoique indigne, elle s'agenouilla bien bas au coin du lit et plaça

le diamant dans la main du chevalier. Sa figure touchait presque celle du malade ; et de même que nous baisons l'enfant qui a rempli sa tâche, il donna un baiser à Élaine. A ce moment elle glissa comme de l'eau sur le plancher : « Hélas ! dit-il, votre course vous a fatiguée. Prenez quelque repos. — Pour moi point de repos, dit-elle ; car près de vous, mon bon seigneur, je ne sens plus de fatigue. » Que voulait-elle dire par là ? Les grands yeux noirs du chevalier, encore agrandis par sa maigreur, restèrent fixés sur elle jusqu'à ce que le triste secret de son cœur se refléta sur sa figure. Lancelot parut perplexe, et son esprit l'était en effet. Son état de faiblesse ne lui permit pas de parler davantage. Mais il n'aimait pas la rougeur d'Élaine ; il ne tenait compte que de l'amour d'une seule femme. Il se tourna donc de l'autre côté en soupirant, et feignit de dormir, jusqu'à ce que le sommeil le gagnât.

Élaine se leva alors, prit sa course à travers les champs, passa sous les portes ornées d'étranges sculptures, et se rendit dans la sombre et riche cité auprès de sa famille. Elle y resta la nuit ; mais elle se réveilla avec l'aube, gagna la campagne, et de là se rendit à la grotte. Ainsi jour par jour elle passait et repassait comme un fantôme dans l'un et l'autre crépuscule. Chaque jour elle gardait le chevalier et veilla maintes nuits auprès de lui ; et Lancelot, tout en appelant sa blessure une simple égratignure dont il serait bientôt guéri, parfois agité comme par une fièvre chaude, pouvait sembler discourtois, lui, le modèle de la courtoisie ; mais la tendre Élaine le supportait toujours avec douceur, plus douce pour lui qu'un enfant à l'égard d'une rude nourrice, plus patiente qu'une mère pour un enfant malade. Jamais femme encore, depuis la chute de nos premiers parents, ne fut plus attentive pour un homme; mais son amour profond la soutenait. A la fin, l'ermite, habile dans la connaissance de tous les simples et maître de la science de l'époque, lui dit que ses soins délicats avaient sauvé la vie au malade. Celui-ci oubliant la rougeur candide d'Élaine, l'appelait son amie et sa sœur, la douce Élaine; il prêtait l'oreille à son arrivée, regrettait qu'elle partît et ressentait pour elle une véritable tendresse. De fait, il l'aimait de tout l'amour possible, excepté de celui de l'homme et de la femme lorsqu'ils sont épris l'un de l'autre; et pour elle il eût souffert la mort à la façon d'un chevalier. Peut-être s'il eût vu Élaine tout d'abord, elle eût fait de ce monde et de l'autre un tout autre monde pour le malade; mais maintenant il était enserré dans les chaînes d'un vieil attachement; son honneur enraciné dans le déshonneur résista, et une foi infidèle le conserva fidèle à sa perfidie.

Cependant le brave chevalier, dans le cours de sa maladie, fit plus d'un saint vœu, prit plus d'une pure résolution. Toutes ces bonnes pensées, engendrées par la souffrance, ne pouvaient vivre; car lorsque le sang circula en lui avec plus de vigueur, bien des fois la douce image d'une figure, apportant un calme perfide dans son cœur, dissipa sa résolution comme un nuage. Alors si la jeune fille parlait, pendant que ce gracieux fantôme resplendissait dans son imagination, il ne répondait pas ou répondait d'un ton bref et froid.

Élaine se leva alors, prit sa course à travers les champs...

Ainsi, jour par jour,

elle passait et repassait comme un fantôme dans l'un et l'autre crépuscule.

ÉLAINE, P. 39.

Elle se rendait très-bien compte de la rudesse causée par la maladie ;
mais elle ne comprenait pas ce que signifiait cette manière d'agir.
Le chagrin assombrit son regard et la poussa avant le temps à
travers les champs, où, seule, elle murmurait : « En vain, c'est en
vain, cela ne peut être. Il ne m'aimera pas. Eh bien ! faut-il donc
mourir ? » Alors, de même qu'un innocent petit oiseau abandonné,
qui n'a qu'une simple gamme de quelques notes, répète cette simple
gamme tant et plus pendant toute une matinée d'avril jusqu'à ce
que l'oreille se fatigue à l'entendre, ainsi la naïve jeune fille passa
la moitié de la nuit à répéter : « Faut-il donc mourir ? » Tantôt
elle se tournait sur la droite, tantôt sur la gauche, et ne trouvait
d'aise ni au mouvement ni au repos. « Lancelot ou la mort,
murmurait-elle, la mort ou lui. » Et de nouveau elle répétait comme
un refrain : « Lancelot ou la mort. »

Quand la blessure du chevalier, que l'on croyait mortelle, fut
guérie, tous les trois ils revinrent à Astolat. Là, chaque matin, parant sa
charmante personne de ce qu'elle pensait lui aller le mieux, elle venait
devant messire Lancelot, « car, se disait-elle en elle-même, si je suis
aimée, ce sont là mes robes de fête; sinon, ce sont les fleurs de la
victime avant qu'elle tombe. » Lancelot pressait toujours la jeune
fille de lui demander quelque don pour elle-même ou pour les siens :
« Et ne craignez pas, ajoutait-il, de faire connaître le souhait qui
tient le plus à votre cœur loyal. Vous m'avez rendu un tel service que
votre volonté sera la mienne. Je suis prince et maître dans mon
pays, et je puis ce que je veux. » Alors, comme un fantôme, elle

leva la tête, mais comme un fantôme, sans pouvoir parler. Lancelot vit qu'elle retenait son souhait, et il resta encore quelque
temps avec eux, jusqu'à ce qu'il eût une réponse. Un matin il
trouva par hasard Élaine sous les ifs du jardin et lui dit : « Ne tar-
dez pas davantage à me faire connaître votre désir. Songez qu'il
me faut partir aujourd'hui. » Alors elle s'écria : « Partir, et nous
ne vous verrons plus! il me faudra mourir faute d'avoir le courage
de dire un mot. — Parlez. Si je vis et j'entends, dit-il, c'est à
vous que je le dois. » Alors elle reprit tout d'un coup et avec passion : « Je suis folle, je vous aime, laissez-moi mourir. — Ah! ma
sœur, répondit Lancelot, qu'est-ce que cela? » Élaine, étendant
innocemment ses bras de neige : « Votre amour, dit-elle, votre amour,
pour être votre femme. » Lancelot répondit : « Si j'avais voulu me
marier, je me serais marié plus tôt, ma chère Élaine; mais maintenant je n'aurai jamais de femme. — Non, non, s'écria-t-elle, je
ne tiens pas à être votre épouse; mais à être encore avec vous, à voir
votre figure et à vous suivre à travers le monde. » Lancelot
répondit : « Non, le monde, le monde tout yeux et tout oreilles,
avec un cœur stupide pour interpréter les uns et les autres, et
une langue pour lancer ses propres interprétations... non, je
reconnaîtrais bien mal l'amitié de votre frère et l'hospitalité de
votre bon père. » Elle dit : « Ne pas être avec vous, ne plus voir
vos traits... Hélas, malheur à moi! mes beaux jours sont passés. —
Non, vraiment, noble damoiselle, répondit-il, mille fois non. Ce
que vous éprouvez n'est pas de l'amour, mais le premier éclair

d'amour dans un jeune cœur, chose très-commune. Oui vraiment, je le sais par moi-même, et vous serez la première à rire de vous ensuite quand vous donnerez la fleur de votre vie à quelqu'un qui sera plus à votre convenance et qui n'aura pas trois fois votre âge; alors (car vous êtes sincère et douce au delà de l'opinion que j'avais autrefois des femmes), plus particulièrement s'il arrive que votre bon chevalier soit pauvre, je le doterai d'un vaste domaine et d'un terri- toire jusqu'à égaler la moitié de mon royaume au delà des mers, si cela peut vous rendre heureuse. Il y a plus : comme si vous étiez de mon sang, jusqu'à la mort je serai votre champion dans toutes vos querelles. Voilà ce que je ferai, chère damoiselle, pour l'amour de vous, et ne puis faire davantage. »

Pendant qu'il parlait, elle ne rougit ni ne remua; mais, pâle comme la mort, elle resta debout, serrant ce qu'elle avait sous la main, puis elle répliqua : « De tout cela je ne veux rien. » A ces mots, elle tomba, et on l'emporta évanouie à sa tour.

Alors son père, qui avait saisi leur entretien à travers le rideau noir des ifs, parla ainsi : « Oui un éclair, je le crains, qui don- nera à ma fleur le coup de la mort. Vous êtes trop courtois, beau sire Lancelot. Je vous en prie, rudoyez-la un peu pour émousser ou étouffer sa passion. »

Lancelot dit : « Cela serait contraire à ma nature; le possible, je le ferai. » Il resta tout le jour au château, et vers le soir il envoya chercher son écu. La jeune fille se leva doucement, et le remit après avoir enlevé le fourreau. Puis, ayant entendu le cheval piaffer sur les pierres, elle ouvrit vivement la fenêtre et jeta un regard sur le heaume du chevalier : la manche n'y était plus. Lancelot entendit le léger cliquetis produit par la jeune fille, et celle-ci, guidée par le tact de l'amour, savait bien que Lancelot n'ignorait pas qu'elle le regardait; néanmoins il ne leva pas les yeux, ne salua pas de la main, ne dit point adieu, mais partit tristement. En cela seulement il se montra discourtois.

Ainsi Élaine demeura seule dans sa tour. Son écu même était parti, il ne lui restait que le fourreau, son pauvre ouvrage, son travail vide; mais elle entendait encore le chevalier, toujours son image se formait et s'élevait entre elle et les portraits de la muraille. Son père vint à elle, qui essaya doucement de la consoler : elle le remercia tranquillement. Ses frères vinrent ensuite, qui lui dirent : « La paix soit avec toi, chère sœur! » Elle leur répondit avec le même calme. Mais lorsqu'ils l'eurent laissée à elle-même, la mort, comme une voix amie arrivant d'un champ éloigné à travers les ténèbres, se fit entendre; les plaintes du hibou l'absorbèrent, et elle mêla ses chimères aux lueurs incertaines du soir et aux gémissements du vent.

Dans ce temps-là elle fit une petite chanson, qu'elle appela : *L'Amour et la Mort.* Elle la chanta; suaves étaient ses chansons, et mélodieux son chant.

« Doux est l'amour sincère quoique donné en vain, en vain; et douce est la mort qui met fin à la douleur : je ne sais lequel est le plus doux, non, je ne le sais pas.

« Amour, es-tu doux ? alors la mort doit être amère ; amour, es-tu amer ? la mort m'est douce. O amour, si la mort est plus douce, laisse-moi mourir.

« Doux amour qui ne semble pas fait pour se faner, douce mort qui semble faire de nous une cendre sans amour, je ne sais quel est le plus doux ; non, je ne le sais pas.

« Je suivrais volontiers l'amour, si cela pouvait être ; je dois suivre la mort qui m'appelle ; appelle et je viens, je viens ! laissez-moi mourir. »

Sa voix monta avec le dernier vers, et cela au moment où l'aube était en feu et où soufflait un vent violent qui ébranla la tour d'Élaine. Ses frères l'entendirent et se dirent en eux-mêmes en frémissant : « Écoutez l'esprit de la maison qui crie toujours pour annoncer quelque mort. » Ils appelèrent leur père, et tous les trois, tremblants de crainte, coururent à elle ; à ce moment la rouge lumière du matin éclaira sa figure, pendant qu'elle répétait d'une voix perçante : « Laissez-moi mourir. »

De même que quand nous nous arrêtons sur un mot qui nous est familier, en le répétant jusqu'à ce que ce mot à nous bien connu nous semble étrange, nous ne savons pourquoi ; ainsi le père arrêta ses regards sur la figure de sa fille et se demanda : « Est-ce Élaine ? » jusqu'à ce que la jeune fille retomba sur son lit. Elle tendit alors à chacun des siens une main languissante et resta couchée, les saluant silencieusement du regard. A la fin, elle dit : « Chers frères, hier au soir je me croyais encore une petite fille curieuse, heureuse comme lorsque nous demeurions dans les bois

et que vous aviez l'habitude de me faire remonter avec la marée la
grande rivière dans la barque du batelier. Seulement, vous ne vouliez
pas aller plus loin que le cap où est le peuplier. C'est là que
vous aviez fixé votre limite, souvent revenant avec le reflux. Je
pleurais néanmoins, parce que vous ne vouliez point aller plus loin
et dépasser le flot qui brillait, jusqu'à ce que nous eussions trouvé
le palais du roi. Vous ne le vouliez pas cependant ; mais cette
nuit, je rêvais que j'étais toute seule sur l'eau et je dis alors :
« Maintenant ma volonté se fera. » A ce moment, je m'éveillai ;
mais mon souhait persista. Laissez-moi donc partir pour que je
puisse enfin dépasser le peuplier et la marée bien loin, jusqu'à
ce que je trouve le palais du roi. Je veux y entrer parmi eux
tous, et personne n'osera se moquer de moi ; mais là le beau Gauvain s'étonnera de me voir, et là le grand sire Lancelot rêvera à
moi ; Gauvain qui m'a fait mille adieux, Lancelot qui s'en est allé
froidement sans me rien dire. Là le roi me fera honneur, à moi
et à mon amour ; la reine elle-même aura pitié de moi, toute la
noble cour m'accueillera avec joie, et après mon long voyage je
goûterai le repos. — Paix, dit son père. O mon enfant, vous
semblez avoir perdu la tête ; car quelle force avez-vous pour aller
si loin, malade comme vous êtes ? Pourquoi voudriez-vous jeter
de nouveau les yeux sur cet orgueilleux personnage qui nous
méprise tous ? »

    Alors le rude Torre se leva, se mit à marcher et éclata en sanglots :
« Je ne l'ai jamais aimé, dit-il ; si je me trouve avec lui, je me

soucie peu qu'il soit si grand, je le frapperai et l'abattrai à mes pieds. Pour peu que la fortune me favorise, je lui donnerai la mort. Par cette affliction, il a ruiné notre maison. »

A ces paroles, sa noble sœur répliqua : « Ne vous chagrinez pas, mon cher frère ; puisque ce n'est pas plus la faute de messire Lancelot de ne point m'aimer, que ce n'est la mienne d'aimer celui de tous les hommes qui me semble le plus grand.

— Le plus grand ? » répondit le père comme un écho, « le plus grand ! (Il voulait éteindre la passion de sa fille.) Non, ma fille, je ne sais ce que vous appelez le plus grand ; mais ce que je sais avec tout le monde, c'est que sans vergogne il aime la reine, et que sans vergogne elle le paie de retour. Si cela est grand, qu'appelle-t-on donc petit ? »

Alors parla la damoiselle d'Astolat au teint de lis : « Cher père, je suis trop faible et trop malade pour me mettre en colère. Ces bruits sont des calomnies. Jamais encore une âme noble n'a échappé à d'ignobles attaques. Il n'a pas d'amis celui qui ne s'est jamais fait d'ennemis ; mais maintenant c'est ma gloire d'avoir aimé un homme sans pareil, sans tache : laissez-moi donc passer, mon père, quelle que je puisse vous sembler ; je meurs sans être tout à fait malheureuse, ayant aimé le meilleur et le plus grand des ouvrages de Dieu, bien que mon amour n'ait point été payé de retour. Cependant, quand je vous vois désirer que votre enfant vive, je vous remercie ; mais vous travaillez contre votre propre désir, car si je pouvais croire les choses que vous dites, je n'en mourrais que plus tôt. Cessez

10

donc, mon bon père; dites que l'on appelle ici l'homme de Dieu,
qu'il me confesse et que je meure. »

L'homme de Dieu étant venu et reparti, Élaine, la figure calme
comme après le pardon des péchés, supplia Lavaine d'écrire, mot pour
mot, une lettre qu'elle lui dicterait. Et lorsqu'il demanda : « Est-ce
pour Lancelot? est-ce pour mon cher seigneur? je la porterai alors
avec joie, » elle répliqua : « Pour Lancelot, la reine et le monde
entier; mais il faut que je la porte moi-même. » Il écrivit alors la
lettre sous sa dictée. Après qu'elle fut écrite et pliée : « O cher père,
tendre et sincère, dit-elle, ne me refusez pas pour la première fois
une fantaisie ; quelque étrange qu'elle soit, c'est la dernière. Pla-
cez la lettre dans ma main un peu avant que je meure, et fermez
ma main sur elle. Je la conserverai même dans la mort; et quand
la chaleur aura abandonné mon cœur, alors prenez le petit lit sur
lequel je serai morte : parez-le richement comme celui de la reine,
ensevelissez-moi aussi comme elle dans ce que j'ai de plus précieux,
et placez-moi sur cette couchette; qu'une litière soit toute prête pour
me porter vers la rivière, ainsi qu'une barque drapée de noir. Je
vais en cérémonie à la cour pour trouver la reine : alors sûrement
je parlerai pour moi-même aussi bien qu'aucun de vous ne saurait le
faire. Laissez donc notre vieux muet venir avec moi : il peut gouverner et ramer, il me guidera à la porte de ce palais. »

Elle cessa de parler, son père fit la promesse demandée; là-dessus
elle devint si joyeuse qu'on crut que sa mort gisait plutôt dans son
imagination que dans son sang. Mais dix longues matinées s'écoulèrent;

la onzième, son père lui mit la lettre dans la main, la ferma,
et elle mourut. Ce jour-là il y eut deuil dans Astolat.

Mais lorsque le premier soleil monta à l'horizon, suivie des deux
frères, qui marchaient lentement la tête baissée, la funèbre litière
passa comme une ombre à travers la campagne en plein été, vers
le ruisseau où se trouvait la barque drapée, dans toute sa longueur,
du plus noir samit. Le vieux muet, le loyal serviteur qui avait toujours vécu dans la maison, se tenait sur le pont les yeux pleins de
larmes et les traits contractés. Les deux frères enlevèrent de la litière
le corps de leur sœur et le placèrent sur le noir tillac; ils mirent en
sa main un lis, suspendirent sur elle le fourreau brodé d'armoiries,
baisèrent son front tranquille et lui dirent : « Adieu, sœur, adieu pour
toujours. » Ils répétèrent : « Adieu, chère sœur, » et partirent tout
en larmes. Alors se leva le vieux serviteur muet, et la morte conduite
par lui s'avança avec la marée, le lis dans sa main droite, la lettre
dans sa main gauche, ses brillants cheveux dénoués et flottants. Toute
la couverture était de drap d'or tiré jusqu'à sa ceinture, elle-même
était tout en blanc, sauf la figure, et cette figure aux traits sereins
était belle ; car elle ne semblait pas morte, mais profondément endor-
mie : on eût dit qu'elle souriait.

Ce jour-là, messire Lancelot demandait, au palais, audience à
Genièvre pour lui remettre enfin le prix de la moitié d'un royaume,
don précieux difficilement gagné par des blessures et des coups,
par la mort d'autrui et presque la sienne, les diamants pour lesquels on avait combattu neuf ans; ayant vu quelqu'un de la maison

de la reine, il l'envoya à sa maîtresse présenter sa requête. La reine accueillit le messager avec une majesté si imposante qu'on eût pu la prendre pour sa statue; mais lui se baissant jusqu'à baiser les pieds de Genièvre avec le respect d'un serviteur loyal, il vit en regardant de côté l'ombre d'un lambeau de dentelle dans l'ombre de la reine se jouer sur les murs, et il partit en riant dans son cœur de courtisan.

Dans le palais d'Arthur, du côté du midi, vers la rivière, se trouve un réduit tapissé de vignes. Là l'entrevue eut lieu, et Lancelot s'agenouillant prononça ces paroles : « Reine, dame, ma souveraine, vous dans laquelle j'ai placé ma joie, recevez ces joyaux, que je n'ai gagnés que pour vous, et rendez-moi heureux en en faisant un bracelet pour le bras le plus rond qui soit au monde, ou un collier pour un cou auprès duquel le cou du cygne paraît plus brun que celui de son petit. Ce sont là des mots : votre beauté vous appartient en propre et je pèche en la vantant. Cependant permettez des mots à mon culte comme nous accordons des larmes au chagrin. Peut-être pouvons-nous pardonner tous les deux un pareil péché en paroles; mais, ma reine, j'apprends qu'il circule des bruits à la cour. Le lien qui nous unit, n'étant pas celui du mariage, devrait donner lieu à une confiance plus absolue pour remédier à ce défaut. Laissez dire ; quand est-ce qu'il n'a pas couru de bruits? Comme j'ai confiance que, dans votre noblesse, vous vous fiez à moi, je puis bien ne pas croire que vous y ajoutiez foi. »

Pendant qu'il parlait ainsi, la reine à moitié tournée arrachait une

Les deux frères enlevèrent de la litière le corps de leur sœur,

et le placèrent sur le noir tillac ;

elle tenait un lis à la main, et au-dessus d'elle était suspendu le fourreau brodé d'armoiries.

ÉLAINE, P. 39.

à une les feuilles de la vigne touffue qui ombrageait la fenêtre, et les jetait à terre jusqu'à ce que l'endroit où elle se tenait fût tout vert. Quand elle eut fini, elle prit aussitôt les diamants d'une main froide et distraite, les mit de côté sur une table près d'elle et répliqua :

« Il se peut que je sois plus prompte à croire que vous ne pensez, Lancelot du Lac. Le lien qui nous unit n'est pas celui du mariage. Ce qu'il y a de bon en lui, quelque mauvais qu'il soit, c'est qu'il est plus facile à rompre. Pour vous j'ai pendant plusieurs années fait tort et injure à quelqu'un que, dans le plus profond de mon cœur, j'ai reconnu comme étant plus noble que vous. Qu'est-ce que cela? des diamants pour moi! Ils auraient eu trois fois leur valeur étant donnés par vous, si vous n'aviez pas perdu la vôtre propre. Pour un cœur loyal la valeur de tous les dons doit varier suivant le donateur. Ces diamants ne sont pas pour moi, mais pour elle, pour votre nouveau caprice. Accordez-moi seulement ceci, je vous en prie, jouissez de votre bonheur à l'écart. Je ne doute pas qu'en dépit de votre changement, vous ne conserviez autant de bonne grâce, et moi-même je voudrais éviter de rompre ces liens de la courtoisie dans laquelle la femme d'Arthur se meut et règne : je ne puis donc exprimer ma pensée. Une fin à tout cela! fin étrange! Cependant je l'accepte. Ajoutez, je vous en prie mes diamants à ses perles; parez-la avec ces joyaux; dites-lui qu'elle m'éclipse : un bracelet pour un bras auprès duquel celui de la reine est desséché, ou un collier pour un cou, oh! d'une plus belle,

11

autant qu'une foi jadis sincère était plus précieuse que ces diamants...,
voilà pour elle, et non pour moi... Non vraiment, par la Mère de
Notre-Seigneur lui-même, pour elle ou pour moi, j'en ferai maintenant ma volonté..., elle ne les aura pas. »

Disant cela, elle saisit les diamants et les lança par la fenêtre, grande
ouverte à cause de la chaleur. Ils étincelèrent en tombant et frappèrent
l'eau. Du sein des flots ainsi touchés s'élevèrent d'autres diamants
comme pour venir à leur rencontre, et ils disparurent. Alors pendant que messire Lancelot se penchait sur le bord de la fenêtre, à
moitié dégoûté de l'amour, de la vie, de toute chose, juste sous
ses yeux et à travers l'endroit où les diamants étaient tombés,
passa lentement la barque où la blanche fille d'Astolat était
couchée, souriante comme une étoile dans la plus sombre nuit.

Mais la reine furieuse, qui n'avait rien vu, sortit précipitamment
pour pleurer et se lamenter en secret; et la barque glissant vers
la porte du palais, s'arrêta. Là se tenaient deux hommes d'armes qui
en gardaient l'entrée. Ajoutez, échelonnées tout le long de l'escalier de
marbre, des bouches béantes et des yeux qui semblaient questionner;
mais les traits effarés du batelier, durs et mornes comme la figure
que l'œil de l'imagination voit dans les roches brisées sur quelque
montagne escarpée, tout cela les effraya, et ils dirent : « Il est
enchanté et muet... Pour elle, voyez comme elle dort !... ce doit
être la reine des fées : elle est si belle ! oui vraiment, mais combien
elle est pâle ! Qui sont-ils? sont-ils en chair et en os? ou sont-ils venus
pour emmener le roi dans la terre des fées? car certains prétendent

que notre Arthur ne peut mourir, mais qu'il passera dans ce pays-là. »

Pendant qu'ils causaient ainsi, le roi parut escorté par des cheva-liers. Alors le muet, qui était tourné de profil, se montra de face et se leva; il indiqua du doigt la damoiselle et la porte. Arthur donna l'ordre au doux sire Perceval et au pur sire Galahad de lever la jeune fille; et ils la portèrent avec respect dans la salle du palais. A ce moment le beau Gauvain se présenta et s'émerveilla en la voyant. Plus tard vint Lancelot, et il rêva auprès d'elle; enfin la reine elle-même arriva et se sentit émue de pitié; mais Arthur apercevant la lettre dans la main de la jeune fille, se baissa, prit l'écrit, brisa le sceau et lut : ce fut tout.

« Très-noble seigneur, messire Lancelot du Lac, moi, appelée quel-quefois la damoiselle d'Astolat, je viens ici vous faire mes derniers adieux, car vous m'avez quittée sans prendre congé de moi. Je vous aimais, et mon amour n'a point été payé de retour : c'est pourquoi mon sincère attachement a été ma mort, et voilà pourquoi à notre dame Genièvre et à toutes les autres dames je porte mes plaintes. Priez pour mon âme, et accordez-moi la sépulture. Prie aussi pour mon âme, messire Lancelot, aussi vrai que tu es un chevalier sans pair. »

Il lut ainsi, et toujours pendant cette lecture seigneurs et dames pleuraient, promenant leurs regards de la figure du roi à celle qui reposait silencieuse; et parfois ils allaient jusqu'à croire que les lèvres qui avaient dicté la lettre remuaient encore.

Alors messire Lancelot parlant avec franchise à l'assemblée, dit :

« Mon souverain seigneur Arthur, et vous tous qui m'entendez, sachez que la mort de cette noble fille m'accable de douleur; car elle était bonne et sincère, mais elle m'aimait plus que femme que j'aie jamais connue. Cependant être aimé ne fait pas qu'on aime à son tour, surtout à mon âge, quoi qu'il en soit dans la jeunesse. Je jure par ma foi et par ma qualité de chevalier, que je n'ai rien fait, au moins volontairement, pour provoquer un pareil amour. J'appelle en témoignage mes amis, ses frères et son père, qui lui-même m'a supplié d'être brusque et froid et d'employer, pour éteindre sa passion, quelque manquement contraire à ma nature. J'ai fait ce que j'ai pu, je l'ai quittée sans prendre congé d'elle. Si j'eusse pu croire que la damoiselle mourrait, je me serais ingénié pour la sauver d'elle-même. »

Alors la reine dit (sa colère était une mer bouillonnant encore après la tempête) : « Vous auriez dû au moins, beau sire, lui faire la grâce de la sauver de la mort. » Il leva la tête, leurs yeux se rencontrèrent, et la reine baissa les siens quand il ajouta :

« Reine, elle n'aurait été contente que lorsque je l'aurais épousée, ce qui ne pouvait être. Elle me demanda de pouvoir me suivre à travers le monde, cela ne pouvait pas être non plus. Je lui dis que son amour n'était qu'un éclair de jeunesse qui s'éteindrait pour se changer ensuite en une flamme plus tranquille envers quelqu'un plus digne d'elle..., qu'alors si son fiancé était pauvre, je les doterais d'un vaste domaine et d'un territoire dans mon propre royaume au delà des détroits, pour les tenir dans une heureuse

Il lut ainsi, et toujours pendant cette lecture seigneurs et dames pleuraient promenant leurs regards de la figure du roi à celle qui reposait silencieuse.

ÉLAINE, P. 43.

Drawn by Gustave Doré.                                    Engraved by W.Holl.

situation. Je ne pouvais faire mieux; mais elle refusa et mourut. »

Quand il eut cessé de parler, Arthur répondit : « O mon chevalier, ce sera votre honneur, comme tel, et le mien comme chef de notre Table ronde, de veiller à ce qu'elle soit dignement enterrée. »

Vers sa chapelle, la plus riche qui fût alors dans le royaume, Arthur, suivi du cortége de sa Table ronde et de Lancelot, triste contre son habitude, marchait lentement pour assister aux obsèques de la jeune fille. Elles n'eurent point lieu simplement comme pour une inconnue; elles furent magnifiques, comme pour une reine, avec messe et musique sonore. Lorsque les chevaliers eurent déposé sa belle tête dans la poussière des rois à moitié oubliés, Arthur leur parla ainsi : « Que sa tombe soit luxueuse et que l'on y voie son image, l'écu de Lancelot sculpté à ses pieds et son lis dans sa main; que l'histoire de son douloureux voyage soit, pour tous les cœurs loyaux, gravée sur sa tombe en lettres d'or et d'azur ! » Cet ordre fut plus tard exécuté; mais, pour le moment, quand seigneurs, dames et peuple, s'écoulant par les grandes portes, sortirent en désordre comme pour rentrer chacun chez soi, la reine, observant sire Lancelot qui s'était retiré à part, s'approcha et soupira en passant : « Lancelot, pardonne-moi, mon amour était jaloux. » Il répondit les yeux baissés : « C'est la malédiction de l'amour; allez, ma reine, vous êtes pardonnée. » Mais Arthur, qui vit le front rembruni du chevalier, s'approcha de lui, et, avec la plus grande affection, lui jeta son bras autour du cou et lui dit :

« Lancelot, mon Lancelot, toi que j'aime le mieux et en qui j'ai le

plus de confiance, car je sais ce que tu as été dans les combats
à mes côtés, et maintes fois je t'ai vu dans les tournois renver-
sant les chevaliers vigoureux et longuement éprouvés, laissant aller
les plus jeunes et les moins habiles gagner de l'honneur et se
faire un nom; j'ai aimé ta courtoisie et ta personne, car tu es
un homme fait pour être aimé. Mais maintenant je voudrais pour
tout au monde (car la foule ignorante dit d'étranges choses
de toi) que tu eusses pu aimer cette jeune fille formée, à ce
qu'il semble, par Dieu pour toi seul; et, d'après sa figure, si l'on
peut juger les vivants par les morts, délicatement belle, qui aurait
pu te donner, à toi maintenant solitaire, sans femme et sans héritier, une noble postérité, des fils nés pour la gloire de ton nom
et de ta réputation, mon chevalier, le grand sire Lancelot du Lac. »

Lancelot répondit alors : « Elle était belle, ô mon roi, pure autant
que vous puissiez le désirer pour vos chevaliers. Douter de sa beauté
eût été manquer d'yeux, et pour douter de sa pureté il eût fallu
n'avoir pas de cœur... Oui, en vérité, elle avait tout ce qu'il fallait
pour être aimée, si ce qui est digne de l'amour pouvait le lier;
mais l'amour veut être libre et sans chaînes.

— L'amour libre avec de pareils liens serait le plus libre, dit le
roi. Que l'amour soit libre, c'est pour le mieux. Après le ciel, de
ce triste côté de la mort où nous sommes, que pourrait-il y avoir
de meilleur qu'un amour aussi pur revêtu d'une beauté non moins
pure? Cependant elle n'a pu réussir à te captiver quoique étant, je
le crois, encore libre, et noble, je le sais. »

Lancelot ne répondit rien, mais il sortit, et à l'endroit où un petit ruisseau

se perdait dans la rivière,

il s'assit dans une anse et regarda l'eau qui serpentait.

ÉLAINE, P. 47.

Drawn by Gustave Doré.

Engraved by J.H. Baker.

Lancelot ne répondit rien; mais il sortit et à l'endroit où un petit ruisseau se perdait dans la rivière, il s'assit dans une anse et regarda l'eau qui serpentait; il leva les yeux et vit la barque qui avait apporté Élaine descendant au loin comme une tache noire sur les flots, et il se dit tout bas : « Ah! simple et doux cœur, vous m'aimiez, damoiselle, sûrement d'un amour plus tendre que celui de la reine. Prier pour ton âme? Oui je le ferai. Adieu aussi..., maintenant enfin... Adieu, beau lis. La jalousie dans l'amour? ne serait-ce pas plutôt l'orgueil jaloux, le rude héritier de l'amour qui n'est plus? Reine, si je vous accorde la jalousie comme étant de l'amour, votre crainte croissante pour le nom et la réputation ne parlerait-elle pas, à mesure qu'elle augmente, d'un amour qui décroît? Pourquoi le roi a-t-il insisté sur mon nom? mon nom me fait rougir, ressemblant à un reproche : Lancelot que la dame du Lac enleva à sa mère, comme l'histoire le rapporte. Elle chantait des lambeaux de mystérieuses chansons qui se faisaient entendre sur les eaux tortueuses, et, soir et matin, me donnait des baisers en me disant : « Tu es beau, mon enfant, comme le fils d'un roi, » et souvent elle me portait dans ses bras en marchant sur la sombre mare. Que ne m'y eût-elle noyé, quoi qu'il en fût! car qui suis-je? quel avantage retirai-je de mon nom du plus grand des chevaliers? J'ai combattu pour l'obtenir, et je l'ai. Aucun plaisir à l'avoir, mais de la peine à le perdre. Il est maintenant devenu une partie de moi-même; mais à quoi sert-il? à rendre les hommes pires en divulgant ma faute, ou à faire paraître moindre le péché,

le pêcheur paraissant grand ? Quel malheur pour le grand chevalier
d'Arthur qu'il ne soit pas un homme selon son cœur! Il me faut rompre
ces liens qui ternissent ainsi mon renom; non pas sans qu'elle le
veuille. Le voudrais-je si elle le voulait? Qui sait? mais si je ne
le voulais pas, puisse Dieu (je l'en prie) envoyer sur-le-champ un ange
pour me prendre aux cheveux, m'emporter bien loin, dans cette mare
oubliée et me plonger parmi les débris tombés des montagnes. »

Ainsi murmura messire Lancelot dévoré de remords, ignorant
qu'il mourrait un jour en état de sainteté.

FIN  D'ÉLAINE.

PARIS. — IMP. SIMON RAÇON ET COMP., RUE D'ERFURTH, 1.

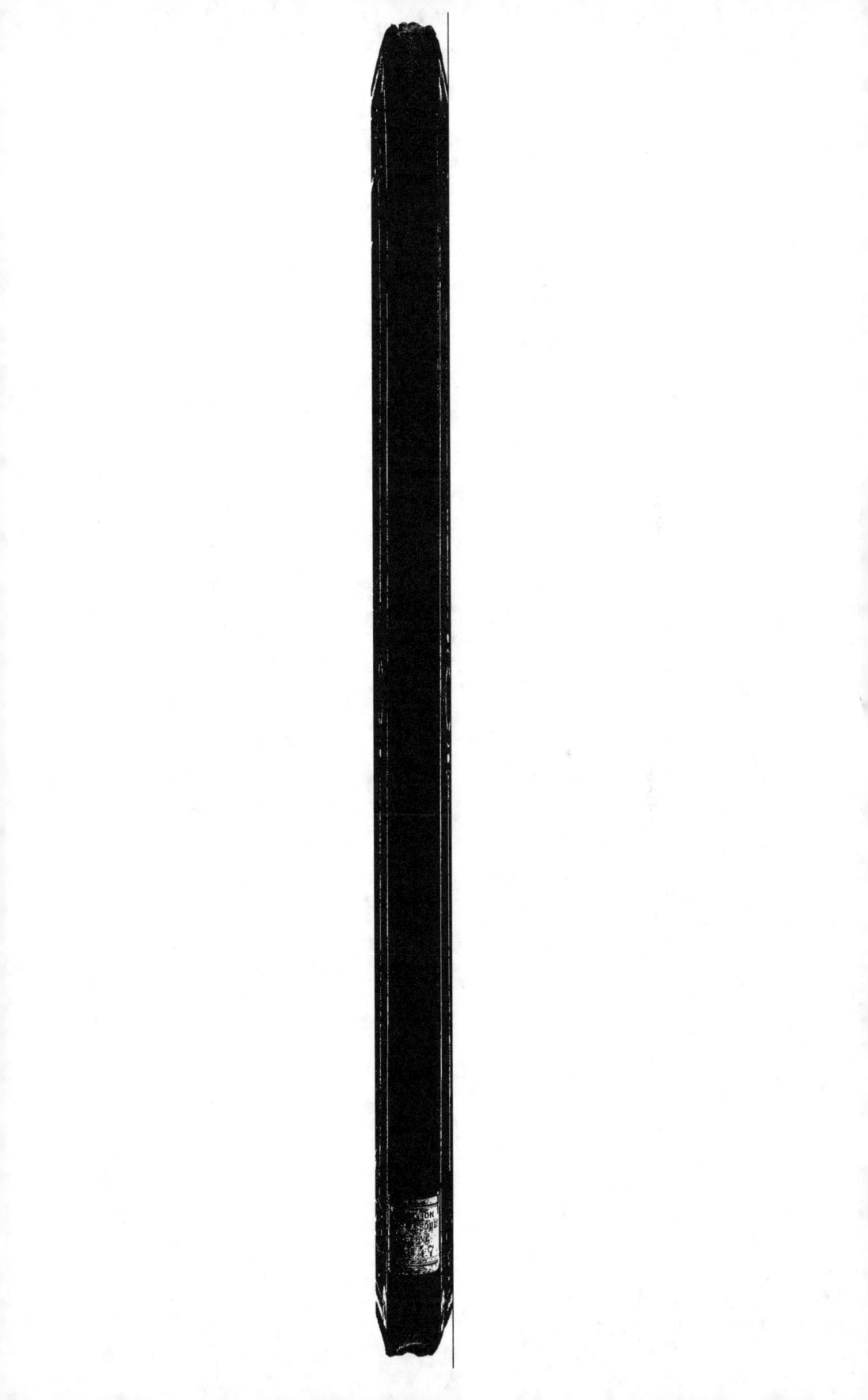

www.ingramcontent.com/pod-product-compliance
Lightning Source LLC
Chambersburg PA
CBHW071122260626

47162CB00006B/2425